L'étrange rêve de Lucien

L'auteur-illustrateur

Depuis tout p'tit, **Jean-Marc Mathis** a traîné
sur des chantiers avec son maçon de père.
Après sa formation de dessinateur en bâtiment,
il traça même les plans de son château idéal.
Bref, Jean-Marc était destiné à faire carrière dans le bâtiment.
Mais... la passion du dessin et le besoin de raconter
furent les plus forts et l'ont emporté.

Du même auteur

Lucien, le pingouin musicien
(Prix des Incorruptibles 2001, section CP)
Lucien, le pingouin au pays du soleil
On a volé la trompette de Lucien
Lucien, tu vas te faire manger !
Lucien et le bonhomme de neige sauvage
(Prix des Incorruptibles 2005, section CP)
Le cadeau de Lucien

Loi n° 49-956 du 16 juillet 1949
sur les publications destinées à la jeunesse : juin 2007.

ISBN : 978-2-266-17230-1

Dépôt légal : juin 2007
Achevé d'imprimer en France par Pollina, 85400 Luçon – n° L42829A

Jean-Marc Mathis

L'étrange rêve de Lucien

POCKET
jeunesse

C'est dimanche matin.
Fernand l'ours blanc et son ami,
le bonhomme de neige sauvage,
ont décidé d'aller faire de la luge.
– Hé, Lucien ? Tu viens avec nous ?

Lucien sort de son igloo.
– Je ne peux pas venir, je suis malade…
dit-il d'une petite voix.
– C'est vrai, tu es tout pâle !
s'écrie Fernand.

Le bonhomme de neige
touche le front du pingouin.
– Tu n'as pas de fièvre,
mais je te conseille de boire
une tisane et de te recoucher !

Pauvre Lucien !
Avec envie,
il regarde partir ses amis.

Il n'a pas osé leur dire
qu'il est victime
de sa gourmandise.

Au petit déjeuner,
le pingouin s'est gavé de poissons secs,
de jus de flétan, d'huile de sardine
et de crème de hareng.
Résultat :
il a l'estomac tout chamboulé.

– Je vais suivre le conseil
du bonhomme de neige,
se dit Lucien.
Il boit une tisane d'algues vertes,
puis se glisse
sous sa chaude couverture à carreaux.

Dans son lit douillet,
le pingouin s'endort d'un coup.
Et il fait un rêve…

Dans ce rêve,
Lucien se réveille en pleine forme.
Aussitôt, il décide d'aller faire
de la luge avec Fernand
et le bonhomme de neige sauvage.

Il saute du lit…
et s'aperçoit soudain
qu'il est blanc
de la tête aux pattes !
Blanc comme de la neige,
comme de la craie,
comme de la farine !

Ses couleurs
ont disparu !

Sur la banquise,
une couverture à carreaux
fonce vers l'igloo de Dimitri,
l'ours riquiqui.

Devant la porte,
une nageoire blanche en surgit
et frappe deux coups : **Toc ! Toc !**
– Dimitri, ouvre ! C'est moi !
chuchote Lucien,
caché sous la couverture.

Lorsqu'il voit Lucien,
l'ours éclate de rire.
Le pingouin est vexé.
— Moi, ça ne me fait pas rigoler !

– Ne t'inquiète pas, dit Dimitri.
J'ai une boîte de crayons magiques !
Je vais te colorier,
et tu seras aussi beau qu'avant !
– Super ! s'écrie Lucien.

Dimitri ouvre sa boîte.
Il choisit plusieurs crayons
et commence à colorier Lucien.
Mais l'ours n'est pas très doué.
Il est même franchement nul.
— Voilà, c'est terminé !
dit-il au bout d'un moment,
persuadé d'avoir fait
un chef-d'œuvre.

21

En se regardant dans un miroir,
Lucien explose de colère :
– Mais ça ne va pas du tout !
Je suis tout gribouillé !

– Tu as pris n'importe quelle couleur
et tu as dépassé partout !
– Moi, j'aime bien !
dit l'ours, content de lui.

**– Je ne peux pas
rester comme ça !**
hurle Lucien.
– Ne t'énerve pas, dit Dimitri.
Et il souffle une formule magique
à l'oreille du pingouin.
**– Gomme ! Gomme !
Gratte ! Gratte !**
répète Lucien.
Instantanément,
les vilaines couleurs disparaissent.

Lucien part en claquant la porte :
CLAC !
Il est tellement en colère
qu'il oublie sa couverture.
D'un pas décidé,
il se rend chez Nicolas,
le morse à pois.

Lucien raconte
toute l'histoire à son ami.
– Ha ! Ha ! Les crayons de couleurs,
c'est pour les bébés ! dit Nicolas.
Moi, j'utilise des feutres magiques !
Tu vas voir…

Le morse ouvre un coffre
rempli de feutres
et se met au travail.
Confiant, Lucien se laisse colorier.
– Et voilà ! dit le morse,
cinq minutes plus tard.

– Mais tu m'as fait des pois !
s'écrie Lucien.
– Oui ! répond Nicolas,
fier de son travail.
Maintenant, tu es magnifique !
Comme moi !

– **Gomme ! Gomme !
Gratte ! Gratte !**
crie Lucien.
Les couleurs disparaissent,
puis le pingouin s'en va
en claquant la porte : **CLAC !**

Tout en grommelant,
Lucien file chez Paulo le manchot.

– Tu as bien fait de venir me voir !
Les crayons de couleurs et les feutres,
c'est pour les p'tits rigolos !
Moi, j'utilise de la peinture magique !
Le manchot montre à Lucien
ses tubes de peinture.
Puis il dévisse les bouchons
et étale les couleurs
sur une palette en bois.

33

Avec son plus beau pinceau,
Paulo commence à peindre Lucien.

Il met du rouge, du jaune,
du brun, du violet, du bleu,
encore du jaune,
et une pointe de vert.

**– Gomme ! Gomme !
Gratte ! Gratte !**
hurle le pingouin lorsqu'il voit
l'affreux résultat.

Puis, furieux, il s'en va
en claquant la porte : **CLAC !**
– Ta peinture, c'est du barbouillage !
dit Lucien à Paulo.

Le pingouin blanc
est triste et fatigué.
Il n'a pas le courage
d'aller voir ses autres amis.

Et se colorier lui-même,
impossible !
Il est nul en coloriage.

Soudain, Fernand,
le bonhomme de neige sauvage
et Hugo le phoque rigolo
déboulent sur leurs engins.

– Lulu, t'es tout blanc !
lance Fernand.
Qu'est-ce qui t'arrive aujourd'hui ?

Lucien raconte ses malheurs.
Mais, au lieu de le plaindre,
ses amis l'attrapent
et le jettent à l'eau.

Plouf !

C'est alors que Lucien se réveille.
Pour de bon, cette fois.

Il se sent beaucoup mieux.
Vite, il se lève
et va se regarder dans un miroir.
– J'ai retrouvé
mes belles couleurs de pingouin !
Ouf ! Ce que j'ai eu peur !

Quelques minutes plus tard,
Lucien quitte son igloo.

Il a un rêve bien étrange
à raconter à ses amis.

Dans la collection Albums retrouve vite :

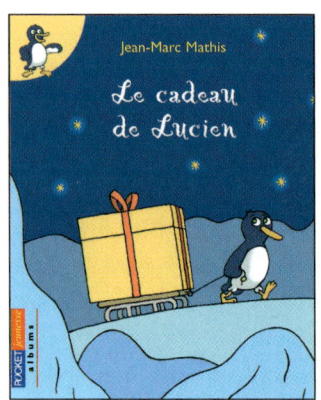

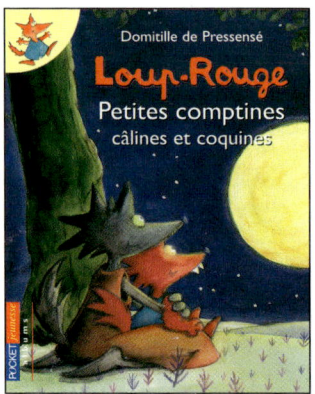

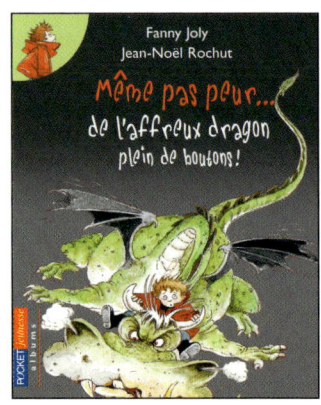

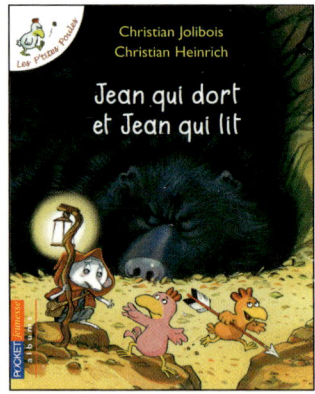

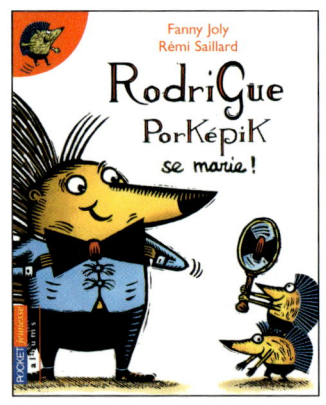